萧 月 集

张珂 / 著

长江出版传媒

长江文艺出版社

献给父亲

张　珂

字无可，笔名风隐。先后毕业于国际关系学院、北京大学和英国剑桥大学。在伦敦、纽约和香港等国际投资银行界工作多年，曾任香港上市公司总裁。多年来笔耕不辍，致力于哲学、历史学、人类学和诗词创作。出版有诗集《时间的夜影》《时间的沉沙》、哲学专著《唯实主义》等。

❧ 目 录 ❧

八声甘州·夏夜赏花……………………………………… 1

卜算子·观山………………………………………………… 1

卜算子·夜影………………………………………………… 2

采桑子·来春………………………………………………… 2

采桑子·伤旧………………………………………………… 3

采桑子·石榴裙……………………………………………… 3

采桑子·梧桐………………………………………………… 4

采桑子·风语………………………………………………… 4

传言玉女·秋深……………………………………………… 5

传言玉女·望春……………………………………………… 5

垂丝钓·独游泰山…………………………………………… 6

捣练子·雪夜读王夫之……………………………………… 6

捣练子·夜酒………………………………………………… 7

滴滴金·秋寒………………………………………………… 7

点绛唇·春愁 …………………………………… 8

点绛唇·秋空 …………………………………… 8

点绛唇·辛卯初春 ……………………………… 9

点绛唇·雪夜 …………………………………… 9

蝶恋花·褒姒 …………………………………… 10

蝶恋花·春初 …………………………………… 10

蝶恋花·寒夜 …………………………………… 11

蝶恋花·普陀岛大佛 …………………………… 11

蝶恋花·太白共月 ……………………………… 12

蝶恋花·无主 …………………………………… 12

定西番·夜雨书灯 ……………………………… 13

洞仙歌·夜茉莉 ………………………………… 13

风流子·春梦 …………………………………… 14

风入松·思怀 …………………………………… 14

风入松·秋绪 …………………………………… 15

凤凰城上忆吹箫·伤故地 ……………………… 15

凤凰台上忆吹箫·归真 ………………………… 16

凤凰台上忆吹箫·雾雨雁门关 ………………… 16

甘草子·又元宵 ………………………………… 17

国香·春伤 ……………………………………… 17

海棠春·蝴蝶梦 ………………………………… 18

汉宫春·山海关怀古 …………………………… 18

撼庭竹·逸人歌 ·················· 19

行香子·祭文山公 ·············· 19

行香子·怕月 ·················· 20

行香子·晚钟 ·················· 20

好事近·秋冷 ·················· 21

喝火令·秋坐 ·················· 21

何满子·念梨花 ················ 22

河传·不醉 ···················· 22

荷叶杯·春谢 ·················· 23

荷叶杯·偶感 ·················· 23

荷叶杯·夜塘 ·················· 23

后庭花·春素 ·················· 24

后庭花·叹宋徽宗 ·············· 24

后庭花·题赤壁 ················ 25

画堂春·恨春晚 ················ 25

浣溪沙·春游 ·················· 26

浣溪沙·感春 ·················· 26

浣溪沙·过桥 ·················· 26

浣溪沙·冷秋 ·················· 27

浣溪沙·眉月 ·················· 27

浣溪沙·品秋 ·················· 28

浣溪沙·秋歌 ·················· 28

浣溪沙·西塘茗香 ………………………………………… 28

浣溪沙·重阳秋思 ………………………………………… 29

极相思·春空 ……………………………………………… 29

减字木兰花·春迟 ………………………………………… 30

减字木兰花·冬梅 ………………………………………… 30

减字木兰花·花偶 ………………………………………… 31

江城子令·泣雨 …………………………………………… 31

江神子·梦回海河 ………………………………………… 32

江神子·日全食 …………………………………………… 32

金错刀·彩蝶传 …………………………………………… 33

酒泉子·夜雨书香 ………………………………………… 33

看花回·夕辉 ……………………………………………… 34

浪淘沙·悲秋 ……………………………………………… 34

浪淘沙·初秋 ……………………………………………… 35

浪淘沙·岁挽 ……………………………………………… 35

临江仙·春梦 ……………………………………………… 36

临江仙·夜思王船山 ……………………………………… 36

柳梢青·哀故都 …………………………………………… 37

柳梢青·清明祭容若 ……………………………………… 37

满江红·春残 ……………………………………………… 38

满江红·春夜品秋 ………………………………………… 38

满江红·小窗思故 ………………………………………… 39

南歌子·夜伤 ……………………………………… 40

南乡子·别秦淮 …………………………………… 40

南乡子·黄浦日暮 ………………………………… 41

女冠子·春初 ……………………………………… 41

女冠子·春归 ……………………………………… 42

抛球乐·春感 ……………………………………… 42

破阵子·玄武湖思古 ……………………………… 43

破阵子·圆圆葬花 ………………………………… 43

扑蝴蝶近·甲午春深 ……………………………… 44

菩萨蛮·寺心 ……………………………………… 44

菩萨蛮·夜语 ……………………………………… 45

菩萨蛮·隐士 ……………………………………… 45

七娘子·春暮 ……………………………………… 46

戚氏·祭黄帝 ……………………………………… 46

千秋岁·吊宋徽宗 ………………………………… 47

千秋岁·花鬼 ……………………………………… 47

千秋岁·云海 ……………………………………… 48

青衫湿·沉夕 ……………………………………… 48

青玉案·阑干雨 …………………………………… 49

清平乐·春暮 ……………………………………… 49

清平乐·断桥头 …………………………………… 50

清平乐·红山祭 …………………………………… 50

清平乐·夜怀 ……………………………… 51

清商怨·玫瑰藏香 ………………………… 51

清商怨·游盛京故宫 ……………………… 52

冉冉云·感秋 ……………………………… 52

冉冉云·醉秋风 …………………………… 53

人月圆·中秋 ……………………………… 53

如梦令·愁缕 ……………………………… 54

如梦令·春空 ……………………………… 54

如梦令·词心 ……………………………… 54

如梦令·故月 ……………………………… 55

如梦令·清歌 ……………………………… 55

如梦令·夜灯 ……………………………… 56

如梦令·夜望 ……………………………… 56

如梦令·风语 ……………………………… 56

阮郎归·初雨 ……………………………… 57

阮郎归·寒客行 …………………………… 57

阮郎归·踏春 ……………………………… 58

阮郎归·秋台 ……………………………… 58

阮郎归·听古琴 …………………………… 59

瑞鹧鸪·秋深 ……………………………… 59

三姝媚·秋暮自酌 ………………………… 60

扫花游·广陵散 …………………………… 60

纱窗恨·病榻吟 ……………………………… 61

伤春怨·清明祭高启 ……………………… 61

少年游·残梦 ……………………………… 62

少年游·孤重阳 …………………………… 62

少年游·黄河浪 …………………………… 63

生查子·夜酒 ……………………………… 63

苏幕遮·夜思 ……………………………… 64

诉衷情·雁何归 …………………………… 64

诉衷情·紫丁香 …………………………… 65

踏莎行·春难 ……………………………… 65

踏莎行·冬夜无眠 ………………………… 66

踏莎行·鹤鸣 ……………………………… 66

太常引·春感 ……………………………… 67

探春令·幽梦 ……………………………… 67

探春慢·秦岭叹李斯 ……………………… 68

唐多令·江南雪夜 ………………………… 68

桃园忆故人·自拷 ………………………… 69

桃源忆故人·故曲 ………………………… 69

剔银灯·小桥如旧 ………………………… 70

天仙子·春醉 ……………………………… 70

天仙子·冬夜无眠 ………………………… 71

调笑令·岁晚 ……………………………… 71

望海潮·冬夜临眺 ···················· 71

望海潮·西塘野夫 ···················· 72

梧桐影·顾影 ························· 73

梧桐影·秋意 ························· 73

武陵春·夜醒江南 ···················· 73

西地锦·秋瘦 ························· 74

西楼月·桂香 ························· 74

喜迁莺·故人愁 ······················ 75

喜迁莺·思雪 ························· 75

喜迁莺·闲读陶诗 ···················· 76

相见欢·花谢 ························· 76

潇湘曲·伤月 ························· 77

小重山·夜风雨 ······················ 77

小重山·元夕 ························· 78

眼儿媚·残窗 ························· 78

眼儿媚·征途 ························· 79

燕山亭·拜岳公墓 ···················· 79

夜合花·煤山春 ······················ 80

谒金门·江南春夜 ···················· 80

谒金门·怕冬 ························· 81

一丛花·长城夜歌 ···················· 81

一剪梅·黄昏 ························· 82

一剪梅·普陀山 ………………………………………… 82

一剪梅·伊梦 …………………………………………… 83

一落索·雨中花 ………………………………………… 83

忆江南·芳华 …………………………………………… 84

忆江南·花去 …………………………………………… 84

忆江南·余歌 …………………………………………… 84

忆秦娥·春早 …………………………………………… 85

忆秦娥·归真 …………………………………………… 85

忆王孙·残贞 …………………………………………… 86

忆王孙·回故地 ………………………………………… 86

忆王孙·空月 …………………………………………… 86

忆王孙·牡丹 …………………………………………… 87

忆王孙·轻雨 …………………………………………… 87

忆王孙·听箫 …………………………………………… 88

忆王孙·夜梨花 ………………………………………… 88

忆王孙·云壶 …………………………………………… 88

忆瑶姬·悲秋 …………………………………………… 89

渔父·宿醉 ……………………………………………… 89

渔歌子·把酒歌 ………………………………………… 90

虞美人·对星 …………………………………………… 90

虞美人·故苑 …………………………………………… 91

虞美人·伤春 …………………………………………… 91

玉蝴蝶·秋林 ……………………………………… 92

玉蝴蝶·秋思 ……………………………………… 92

玉蝴蝶·咏菊 ……………………………………… 93

玉蝴蝶·萧夜 ……………………………………… 93

玉交枝·夜梨花 …………………………………… 93

玉堂春引·春秋 …………………………………… 94

月下笛·夜寄司马君 ……………………………… 94

昭君怨·荷花 ……………………………………… 95

鹧鸪天·别思 ……………………………………… 95

鹧鸪天·和陶渊明 ………………………………… 96

鹧鸪天·梨花 ……………………………………… 96

鹧鸪天·平遥怀古 ………………………………… 97

鹧鸪天·心寒 ……………………………………… 97

鹧鸪天·秋隐 ……………………………………… 98

昼锦堂·雪夜伤怀 ………………………………… 98

烛影摇红·归去 …………………………………… 99

最高楼·夜海 ……………………………………… 99

醉花阴·蒙山端 ………………………………… 100

醉花阴·闲亭独坐 ……………………………… 100

醉蓬莱·辰立春 ………………………………… 101

醉蓬莱·西子夏晚 ……………………………… 101

八声甘州·夏夜赏花

　　和轻风、玉佩响玲珑，翩翩百花仙。暂别孤灯倦，馨香掩卷，诗画活鲜。勿断人生无梦，只是怕流年。梦影终无迹，无语花边。

　　不恨执着真我，恨芭蕉雨打，捧月难眠。却泥尘金马，揽世事凶澜。弹指间、匆忙羁旅，恍惚间、冰酒醉竹园。何人笑，淋漓笔墨，剑破星天。

2011. 7. 22

卜算子·观山

　　伫立暮桥亭，日挂半山静。遒劲秋风掠褐坡，叶卷潇潇岭。

　　远现野樵夫，独辟荒荆径。明灭村烛狗吠时，独老南山影。

2009. 11. 7

卜算子·夜影

狐媚释春宵，俏影春风冶。夜夜莺歌燕舞声，独揽含愁月。

轻款步凌波，旋坠如秋叶。寞寞东风酒渐残，杯尽谁家客。

2008.4.5

采桑子·来春

凭阑整夜秋霜重，梦坠岚渊。鬓挂冰寒。柳黯花残胜去年。

真情总被朱颜误，刀月心剜。风过襟湆。不怕来春更戚怜。

2017.1.22

采桑子·伤旧

碎红湖面桃花婉，风动寒楼。夜雨添愁。旧面含羞挂月钩。

堪别梦里娉婷惋，黯然回眸。烟淡星幽。心祭殇情何怨秋。

2008.7.14

采桑子·石榴裙

改写于武则天之《如意娘》。武则天在感业寺时曾做《如意娘》：看朱成碧思纷纷，憔悴支离为忆君。不信比来常下泪，开箱验取石榴裙。高宗读后情动，遂去寺中相见，两个畸恋鸳鸯相对而泣。武则天之一生折转于此，唐朝之国运也折转于此。中国历史之绝恋莫过于此。武则天乃弄权之奇才，更乃情海之弄潮女。

看朱成碧心恍惚，春满狼藉。日月昏黑。憔悴支离君不知。

有情若是终相见，忘我相依。取验裙衣。污迹斑斓泪洗时。

2013.2.4

采桑子·梧桐

窗前叶谢梧桐树，覆满亭园。寂落心结，薄暮西风落紫烟。
诗中谁解深层雪，笔下生寒。盘点心情，无尽夕阳泪浸衫。

2009.1.21

采桑子·风语

秋风已告花期错，月下仍痴。枫信随风，一入江湖人已失。
饮牛津处残花破，旧梦如斯。一念风尘，泣血子规未有期。

2018.4.24

传言玉女·秋深

褐叶黄秋，情在冷香深处。玉阁山远，望河川绵续。萧笛暮鼓，夕照海天沉入。无聊欢去，寂寥心绪。

遥忆当年，皓腕香、月夜沐。嫣然款笑，泄珠帘隔树。如今向晚，红泪青灯蝉语。禅床茶酒，静中听雨。

2014. 8. 16

传言玉女·望春

乍敛空云，波影柳烟芳霭。穷楼临镜，剪壑林风采。秋箫渐远，寒尽馨浓春驰。红围翠簇，天虚鸣籁。

回望西窗，卸乌鬟、洗粉黛。如今最羡，伴白鹄自在。花醉梦残，背对歌城欢寨。驾风邀月，纵横星海。

2011. 5. 11

垂丝钓·独游泰山

山空影只。桃园无路秋水。洞晚涧音，枝乱垂蔽。夕雨霁。断壁连鸟翼。融天地。化鹤千百季。

青岑风隐，频频月下天祭。游云星际。物外寻来迹。沧海如昨日。龙泣唳。望远思故壁。

2011. 5. 18

捣练子·雪夜读王夫之

风不语，雪无声。子夜朦胧烛映窗。一剪梅，深院庭。厄冷酒，会奇精。曲径崎岖上峻峰。望冥空，不迷茫。

2009. 2. 6

捣练子·夜酒

花苑静,雨滴声。欲斩情丝愁乱风。酒浪嗟凄惜夜短,奈何别后影无踪。

2012.4.20

滴滴金·秋寒

秋天碧海了寒雪。把冰壶、叹冰阕。凝悲徒叹运行难,落叶悄呜咽。

记否小扇摇花谢。如春梦、旧时节。任凭风啸最无情,把夜愁吹裂。

2018.5.26

点绛唇·春愁

夜起恹恹，高庭梨雪增憔悴。飞英乱坠。悄闪蒙眬泪。

肠断春时，谁与胭脂记。愁难褪。伤怀空祀。月影悄独醉。

2016. 4. 6

点绛唇·秋空

空雁年年，年年总忘凭栏苦。尘缘相遇。缘错花间路。

流水岚山，残叶斜阳暮。人何处。秋思化雨。莫告心中语。

2014. 10. 20

点绛唇 · 辛卯初春

闲坐天台，半壶茶冷迎初雨。新梅几屡。偶送莺新曲。

柳岸杨堤，渐有群芳簇。秋不去。思人最苦。落日相无语。

2011. 4. 10

点绛唇 · 雪夜

银院寒凉，嚎风深雪凄迷雾。冰觞病酒，吊影空环顾。

孤鹤皋泽，深锁萧萧绪。终难聚。婵娥醉舞。伴我心花簌。

2010. 3. 12

蝶恋花 · 褒姒

　　绝色二八山寨女。瑰玉难求，却献王公虏。只为继宗安父母。敛藏真性冰霜固。

　　不笑恰因轻贵富。穷计幽王，戏把江山赌。烽火诸侯戎犬去。枉名祸水千年误。

2009. 12. 16

蝶恋花 · 春初

　　小瓣淡香花欲破。新鸟盘桓，细数盈盈朵。醉起鬓边灰发获。镜中憔悴疑人错。

　　扶遍阑干心仿若。暗唤春风，再解尘封锁。病酒书台烟雨墨。半庭残日匆匆落。

2017. 2. 22

蝶恋花·寒夜

寥寞秋山听落雨。竹院秃残，如恰铅心沮。孤月阑珊云缝透。故音隐在林深处。

三径门荒关牖户。春去冬来，书客相倾慕。灯下风流长袖舞。今宵亦邀月同聚。

2009. 12. 8

蝶恋花·普陀岛大佛

碧海风轻天欲暮。几朵浮云，迷茫沉沉雾。小岛如舟沧海浒。金佛踏翠微张目。

流水落英无奈去。沾染尘凡，一霎千年度。此处沉思多感触。谁人了梦寻津渡？

2009. 6. 19

蝶恋花·太白共月

玉雪星云流万里。钻雾游天，风纵鲲鹏戏。且把河山当酒器。千樽嫌少难随意。

穿越璇玑留浩逸。共醉相搀，颠簸斑虬骑。昨断横笛孤影寂。今居桂魄观凡世。

2009. 8. 19

蝶恋花·无主

香熳桃花风卷去。不记多情，独黯愁丝雨。孤坐凄夕天渐暮。幽妍飘尽心何属。

重踏故时清月路。把酒无歌，难泄心中苦。休道新春花瓣馥。此花散落人归处。

2008. 8. 13

定西番·夜雨书灯

子夜泪烛春雨。亭苑静，细丝风。正思凝。
长卷简帛文武。赋词谁与争。玉洒画窗私语。舞湿桐。

2009.4.22

洞仙歌·夜茉莉

冰肤翠袖，却如荼蘼瘦。几度沉迷夜阑酒。绣帘开、半阕朦月伤人，风尘卷，一盏玉壶剪就。

风渺庭院静，叹送韶光，默扫花骸黯回首。念问伊人何、夜已三更，匆别后、幽韵应旧。扰花声、余香掠劫悄，风何向、婵娟泪流时候。

2019.4.13

风流子·春梦

春韵斑驳新杏。隐隐香魂花影。莺欲睡，扶清风，莫叫花声吹醒。如梦。如梦。满月低垂铜镜。

2018. 11. 20

风入松·思怀

花窗帘密透光幽。夜夜守如囚。娥眉粉翠梳妆卸，怕风过、扰梦清悠。空有西施吴越，丰妃瘦燕惭忧。

江南心事月烟钩。馨香沁何楼。繁英落水春流去，余情处、永夜深秋。哀曲独人残醉，只枕相伴听鸥。

2010. 3. 14

风入松·秋绪

常怀归意恋云泉。不为世情牵。征途蹭蹬千丝染，初服色、素玉依然。彩叶缤纷溪岸，绛云残落夕天。

扁舟云隐月孤闲。倦鸟倚窗前。秋风萧索拂心绪，掩长夜、铅水寒烟。闲适无钩垂钓，空零忘却他年。

2017. 10. 24

凤凰城上忆吹箫·伤故地

绫水流花，雕桥凭望，恍如那晚今还。又正是、樱唇浅绽，蕾落鲈沉。翠柳粉梅仍在，胭脂云、羞涩颊嫣。柔风晓，飞扬意气，吹尽春山。

应铸当时一刻，瑶台上，潇洒得意仙人。不堪有、婆娑泪眼，分袂离魂。恨西风摧残叶，横扫去、未染初心。偎圆月，共度夜永冬寒。

2010. 9. 10

凤凰台上忆吹箫·归真

蕊艳花娇,唇红眼浪,娉婷似假还真。最是红尘染,心已无心。今夜离别涩苦,明朝起,故事无温。风吹处,莫猜是我,还恋芳芬。

应是雪飞似玉,青山素,盈盈告问疲身。只念红山远,烟锁孤心。多少尘缘空恨,无回头,情寄流云。黄昏后,风轻月残,载我归真。

2008.9.24

凤凰台上忆吹箫·雾雨雁门关

秋彩缤纷,细雨飞雾,迷蒙叹尽险关。恍惚现、军旗飒影,仗剑石栏。天下豪雄列阵,豪情贯、云雀难攀。只能叹、万般胡犯,遗恨堪怜。

沉酣。弯刀利箭,匈奴马,中原祭坛。柳杨舞、丝丝管乐,依旧娉然。纵有千重凶难,雁门据、华夏方安。乾坤展,雄魂自定方圆。

2016.10.18

甘草子 · 又元宵

冬去。索落江南，骤感春萌绿。细雨梦如织，染色山萧肃。

江岸信闲轻轻步。暗涌动、幽思含蓄。难挽光华东水汩。月圆忽失语。

2009. 2. 13

国香 · 春伤

夕照空心。问红环紫带，何事生春。遒松倦风萧索，紧报穷贞。只为才情轰烈，隐云泉、寂寞山林。乾龙卧谷底，万仞峰渊，蒿野花真。

尘间梭梦短，乘银河瀑布，重返初因。眼垂着处，皆是愁旧如新。但信所思恒古，断肠词、后世仍吟。随风百感去，月再明时，自有哭琴。

2012. 5. 8

海棠春·蝴蝶梦

桃花蝶舞飞红雪。朦烟霭、小亭稀月。风动翠竹吟，恰似幽笛咽。

化蝶翩去真情烈。却只是、一厢怨藉。莫问几时哭，自有伤心夜。

2012. 5. 25

汉宫春·山海关怀古

凭仃关崖，望绛云山雨，烟海凄朦。堪知乱云化雨，雷雨无情。樽空唱晚，笑千古、万事随风。雪浪里、沉阳如诉，何人共祭心殇。

谁念天朝难锁，片石飘血处，蔽日尘扬。京宫美姬泪落，冲溃长城。清弦吟月，数几多、梅酒英雄。谁能阻、干支席卷，城头寒柳鸦鸣。

2010. 8. 10

撼庭竹 · 逸人歌

羞月稀朦竹慢摇。清涧润山腰。逸人石垒酒频高。隐听仙子奏笛寥。舞有孔兄袖，歌咽老子箫。

三径尽头采野樵。此乐洗香绡。秋枝落叶夕阳最，冷夜明窗透灯膏。梅影伴三九，春雨荡芭蕉。

2011. 7. 5

行香子 · 祭文山公

读罢《文天祥集》，久不辞卷，叹华胄傲骨，中华精神。

傲立长城。雨雪安详。驾东风、纵贯从容。泰山松柏，千里飘香。用云飞笔，骨为凿，勒绝峰。

滚滚长江。万古河黄。展龙旗、跃马尘扬。曾经有泪，悲苦愁长。但体中血，泼如墨，铸丹青。

2009. 11. 20

行香子·怕月

曛映红涟。芳柳留连。飒西风、已透微寒。稀云剥落，排燕南还。叹东君去，花渐黯，又一年。

流波叶残。隐痛无眠。旧栏杆、别恨难填。扭头避月，有问何堪。见远山空，杨花舞，夜秋烟。

2009.9.6

行香子·晚钟

圣母院乃吾最留恋之巴黎去处。每至黄昏，凭栏西望，徜徉四处，聆听深远哀怨之晚钟，总会陷入无尽之幽思，总会有难遣之落寞。

秋月西风。衰落梧桐。浑无度、寂寞哀伤。问天何事，壮丽夕方。只一人醉，一人忧，一人行。

残花欲坠，暗杨弱柳，对何言、歌鸟啼莺。且将万事，寄予千钟。任春无花，心无处，夜无情。

2015.5.18

好事近·秋冷

萧雨弃红英，暗淡湖波迷惘。不见岸边杨柳，蜜语两相忘。

淄云岚雾月轻寒，往事不堪望。醉卧隐竹窗影，泪碎知秋冷。

2008.9.8

喝火令·秋坐

黯送黄鹂去，苍鹰已傲归。雨朝桐叶落夕悲。烟渺小舟风隐，甲铠露寒滴。

守道寻德苦，青容渐有衰。干支双臂叹难支。坐对星稀，坐对月沉西。坐对万千愁绪，无悔荡尘淄。

2017.11.6

何满子·念梨花

香影桃花人面，浓清粉淡一家。堪念韶光烟雨，珍惜天命年华。深陷尘凡不染，临风醉袖银杈。

2019. 4. 5

河传·不醉

阁上。长望。叶飘飘。梦雨山岚路遥。觞杯直欲银汉销。今朝。栖迟零落凋。

孤隐天涯归日远。晨曦晚。人月婆娑憾。烂斧柯。意气何。听歌。只闻天泪河。

2013. 6. 27

荷叶杯·春谢

寒夜葬花月怨。魂断。泪留痕。阕歌莺媚醉潇夜。春谢。悔无垠。

2008.4.5

荷叶杯·偶感

月夜红尘花下。风飒。撒琼浆。莺肥雁瘦乱宫苑。不恋。只思空。

2008.11.2

荷叶杯·夜塘

月碎满塘缭雾。无路。又相思。子规啼续映山远。愁酽。

晚风习。

2009. 8. 4

后庭花 · 春素

深云黯雾书灯苦。月缺人瘦。揉碎缱绻伤春句。任她风去。

欢尘酒地桃花簇。不如清素。对花失语夕阳伫。落红无数。

2018. 6. 13

后庭花 · 叹宋徽宗

风流本是书生怯。赏花亭榭。江山天国金人蔑。甲弃刀卸。瘦金尽显才情烈。晚蝶风掠。遗骨北疆凄凉月。雪中谁咽?

2009. 2. 28

后庭花·题赤壁

如铅江水千秋怨。浩悲魂断。两岸岩壁经火炼。笑看愁难。

曹公折戟沉沙溅。叹息羞惋。今朝又望烽烟现。勿提摇扇。

2009. 3. 3

画堂春·恨春晚

羞红掩雾皱粼池。蒙蒙织雨戚戚。故园舞蝶逐草蹊。劳燕东西。

听惯轻歌入梦，弄花戏柳相依。阿谁月夜赏葩时。此恨难息。

2009. 7. 3

浣溪沙·春游

红叶花香两岸楼。旧年绿柳小桥流。轻帆任去地天游。
鱼客酒酣发意气，雁群飞过不回头。几杯能尽远眉愁？

2014. 4. 26

浣溪沙·感春

永夜青灯烛泪流。紧窗封雪锁深愁。朔风吹惯月残忧。
望远初惊山有色，临风又戏柳还柔。门开重上探花楼。

2010. 3. 21

浣溪沙·过桥

夕照相思桥最长。水流盘旋几回肠。细风柳影过幽江。

曲栏啼痕忧昨日，翠楼软语已他乡。伤深何必再甄量。

2017. 6. 23

浣溪沙·冷秋

几尺夕阳沉不歇。秋风掠处百花撷。那时谁道是永诀。
依样桃花情已去，旧时月圆影独缺。烟痕留处梦痕绝。

2018. 10. 4

浣溪沙·眉月

似水清凉映晚蝉。重重岚雾漫山峦。眉弯瓣落影怜怜。
落叶沉烟烟月隐，伤情陈酒酒梦酣。冰弦一曲动心涟。

2018. 6. 6

浣溪沙·品秋

暮落云稠坐画楼。薄烟寒水起清钩。融通天地品穷秋。
英坠寞寥残梦去，鸟徊不啼远山幽。酒觞已尽剩空愁。

2009. 10. 29

浣溪沙·秋歌

蜿蜒年深暮水流。一声鹤鸣短亭秋。旧时明月照今愁。
梨树婆娑洒玉雪，绿杨娉婷映寒湫。画楼窗小为谁留。

2018. 5. 1

浣溪沙·西塘茗香

午后婆娑芳水浏。轻舟逶曲柳柔柔。懒风梦语鸟啾啾。

两岸花红时易过，江南春永并无秋。一壶龙井画中游。

2009.11.15

浣溪沙·重阳秋思

日暮秋风重上楼。滴滴浊酒就愁酌。萧然词阕总婆娑。
瓣舞空窗鸿黯去，叶残云月影独踱。简堆劳者自歌多。

2017.10.28

极相思·春空

长庭偶贯轻风。月沐夜梳妆。恍惚云梦，娉婷故影，自抚心伤。

陶醉春宵莺絮语，转瞬间、又叹寒蛩。花开叶落，梦来风去，何怪人空。

2016.2.16

减字木兰花·春迟

余寒料峭。阴雨绵连飞鸟杳。连夜西风。晨起梅花落满塘。

灰云浓密。朝日辉光无处觅。不恨春迟。花胜何关鹤骨笛。

2009. 2. 26

减字木兰花·冬梅

残生话语。寂寞芳菲肠断苦。夜已三更。独品悲箫泪暗零。

乱霜挂鬓。任是冬风花木烬。困酒倾杯。忘却千秋万世灰。

2009. 12. 15

减字木兰花·花偶

读唐宋笔记。讥叹杨玉环。

霓裳采袖。只为衰郎能再武。云想花容。被底鸳鸯边角惶。

香幽歌袅。难掩皮囊真愫少。嗟叹嵬坡。何慰茫茫游鬼多。

2010.1.21

江城子令·泣雨

香山枫火纵秋愁。忆同游。痛难休。那夜伤情共誓刻心头。泣雨残窗悄月窥，花何处，雨声留。

韶颜离去空哀求。总回眸。又悲秋。枯叶萧风今晚独登楼。便做雨滴都是泪，伤无底，尽情流。

2009.10.24

江神子·梦回海河

小园窗外海河悠。碧波流。翔低鸥。胭红羞面，裙舞玉环愁。蓝缎晴空云影处，依稀见，旧蝶游。

何花能解此情因。穆曛收。伫残楼。听风如咽，此醉几时休。且寄新鸥衔片忆，波中月，伴轻舟。

2010. 1. 25

江神子·日全食

己丑年六月初一有五百年一遇之日全食，时人在沪上了寒居。夜前读写董子汉武帝文章，恍然临旧世。

酒阑寒梦日初临。骤然间，地天昏。干支千百，天狗转如轮。恍若又回逢乱世，刀枪戟，卷烽烟。

未央雕栋红墙深。面昆仑，夷狄臣。浩然雄略，汉武定乾坤。下次日黑云断处，何所醉，墓谁吟。

2009. 7. 24

金错刀·彩蝶传

春花丛，舞蹁跹。缤纷采蜜醉香醋。柳丝袅袅悠闲处，歌鸟穿飞闹田园。

秋叶飒，冷茅庵。秃山萧败百英残。梦蝶漆客今安在，齐聚阴沟恶土边。

2010. 2. 22

酒泉子·夜雨书香

霏雨潺潺，柳叶沉湿轻摆舞，窗枕滴打黯歌伤。伴孤灯。

残觞凉酒月无踪。断续萧风花瓣落，书香千卷寄愁情。醉丹青。

2009. 3. 31

看花回 · 夕辉

　　久望山中落日辉。寞寞伤悲。隐风虚谷云依傍，念今生、悼影相随。危阁不寂寞，淡酒浓词。

　　钓雪流舟鹤不归。歌放天徊。恨鞭今古乾坤错，自摇旗、日月何为？松竹终老去，不愧觥杯。

2011. 6. 9

浪淘沙 · 悲秋

　　花落月枯凋。秋雨潺潺。闲居避垢只逍遥。望远凭栏愁满眼，觥尽人潦。

　　感泪溅花雕。嗟入云霄。松梅倒影夜窗摇。自古英雄殇墓地，辜负狂飙。

2016. 2. 17

浪淘沙·初秋

淋雨暮难收。锦翠仍柔。芙蓉凌乱是初秋。远望雁人从此去，念念离愁。

酒尽梦中求。伫立空楼。青衫不觉泪痕留。半月残花孤影下，另类风流。

2017. 1. 25

浪淘沙·岁挽

午夜雪飘飘。树动悄悄。窗前独数岁波涛。几度梦回春已过，无晌轻佻。

有恨火燎燎。心绪萧萧。酒阑难换韶光凋。纵有落花流水去，珍贵今朝。

2009. 1. 10

临江仙·春梦

　　梦里楚腰仙影，樱唇轻吐幽思。风尘恨去蕊重开。雪飚花绽放，雨打燕高飞。

　　缘命相约初见，蓬莱厮守吹笛。断弦锦瑟苦孑遗。何堪空月下，隐隐旧歌袭。

2011. 5. 31

临江仙·夜思王船山

　　茅舸孤寒村僻，幽林静穆门关。残生只寄古书间。香炉烟尽灭，烛泪唤熹天。

　　曾系尘欢求贵，骤然梦碎归闲。常闻鹤唳映环山。月斜松杪处，相会莫失言。

2009. 6. 28

柳梢青·哀故都

乙未年乃抗战胜利七十周年祭。再游南京，伤痛满怀，悲恸难抑。

衰草残霞。六朝故地，柳黯杨怛。雨后沉湖，海棠升月，仍痛胡笳。

哭声吹贯天涯。酒不醒、空开梦花。此恨何消，丹心舞剑，月瘦冥鸦。

2015.6.20

柳梢青·清明祭容若

清明时节，与友游纳兰性德祖地。风烟迷处，遥寄哀思。

书剑风姿。尘生残笔，醉卧花低。富贵何关，情达深处，心总寒凄。

梦沉损瘦哭伊。血泣尽、何人相依。天赋才情，化成冰泪，融入新词。

2018.4.2

满江红·春残

天地孤峰，闲时望、千般残凋。英翠乱、红阳泪下，隐约心潮。不恋梨花新露挂，绝别青柳旧鞍凋。夜深沉、竹影伴一人，清月销。

风来晚，忘苦邀。江南岸，背粉苞。共天涯秋黯，寂寞香桃。暗叹曾经迷醉处，几波春水浪浮漂。故影知、楚梦绕梁幽，惜断桥。

2010.4.24

满江红·春夜品秋

帘外阴湿，乍望眼、迷离雨风。垂瓣露、欲滴若语，眷恋春蒙。翠碧鲜红迷过旅，黯花一朵总幽藏。夜渐浓、梢缈淡悄云，听月声。

　　孤庭仁，漫酒觞。寂塘岸，柳凄茫。踏参差花影，旧晚留香。倦枕闲床偶影处，婆娑灯舞映鸾屏。梦中来、坠落小凡尘，秋瑟笙。

2010.7.17

满江红·小窗思故

　　几缕清光，轻摇动、玫瑰醉影。春香浸、楚云疏酽，驾风侈纵。几许深幽归路忘，微晗灰烬激流荡。卧瀛台、遗梦玉壶觞，酣难醒。

　　秋山老，霜雪圣。残月冷，枯叶送。翘峻孤峰顶，百川凝冻。身外凡忧涤洗净，共吸银瀚云泉洞。再回头、一曲恸箫声，激涛浪。

2010.3.13

南歌子·夜伤

火艳牡丹蕊，冥青柳树翎。梨风吹雪落禅房。不信一生荒废、葬无名。

碎影藏残月，孤鹤飘寒江。春华落尽玉蝶茫。索性烛泪寻梦、祭余生。

2018. 5. 17

南乡子·别秦淮

清月淡云边。淮水漫流夜缠绵。盈脉秋波一寸乱，香酣。尽揽风情不羡仙。

别绪渐伤欢。轻曼秦舟翠黛眠。明日回眸杨柳处，独潸。嗟叹冰轮愁怨干。

2009. 2. 3

南乡子·黄浦日暮

嫩草轻烟。梨花盛开不见天。日落江亭波幻影。伤景。何处风笛吟旧梦。

2012. 3. 18

女冠子·春初

去寒未远。绮窗轻寒薄暖。露含烟。小碧吐纤蕊，撩人恨儿番。

一滴红日泪，几缕隐愁蝉。点点春光里，忆伊怜。

2018. 6. 5

女冠子·春归

骤然花绽。衣袖挂香蝶漫。觉春归。倒影翩翩柳，幽霭浸雨丝。

画窗镶满月，歌鸟戏幽竹。疲惫千思虑，晚风拂。

2011. 4. 30

抛球乐·春感

日暖窗头花又开。地天一客悯愁怀。古松夕照凋零痛，铅海风歌落寞哀。残月孤舟载，家筑五湖任去来。

2013. 5. 12

破阵子·玄武湖思古

柳舞听风心静，湖清茶翠流连。舟下涟漪鱼火跃，吴女呢喃冰月圆。翩然诗古贤。

萧统俊才坠水，半山闲笔松轩。皇墓六朝烟雨过，曲巷乌衣落寞阎。残笛阑夜绵。

2009. 3. 20

破阵子·圆圆葬花

夜读明史，有感于陈圆圆之蹉跎命运而记之。

本是姑苏罗绮，童颜赛过娇花。辗转豪庭无定命，落入通侯暂做家。草贼强掠狎。

国破改朝怒发，八旗铁骑川峡。歌榭缠绵明月妒，深庙唯闻永夜鸪。落英葬晚霞。

2009. 3. 23

扑蝴蝶近·甲午春深

　　明和煦色，霭轻烟笼树。浅塘绿毯，风帘观日暮。恹恹春晚偷闲，望远碎云峰岭，涓涓漏沙细数。

　　恨无助。情真怎奈，如缁尘陌土。朝朝暮暮，花下眠醉处。苑深倒影三人，月下寒香杯酒，独淋满庭花雨。

2014.9.21

菩萨蛮·寺心

　　武则天感业寺心境素描。

　　长安后宫春光早，远郊晚祷钟声老。怎忘旧皇帷，情痴忘己微。

　　山盟风烟碎。海誓青灯泪。凝恨祭残辉。却知君定归。

2013.2.2

菩萨蛮·夜语

月光窥破孤人苦。三伏夜风寒三九。花睡雨滴滴，滴滴悼梦失。

危亭何仃立。倦鸟何收翅。心碎散如焚。何堪一方尘。

2011.7.29

菩萨蛮·隐士

一尖峰阙云中隐。青衫披发仙人品。彤日透晨窗。窥观古书行。

苍茫夕照里。半醉琴歌洗。何物最深情。初升羞月朦。

2011.10.29

七娘子·春暮

　　娉婷瓣去落丹蔻。绛云低、又是愁时候。梦短思长，情真难镂。断魂赋词青青柳。

　　春光过尽人仍瘦。望沉阳、空盼蓦回首。云外红桥，小窗依旧。曲栏软语频遮袖。

2017. 6. 25

戚氏·祭黄帝

　　血夕天。灰沉云片黯残烟。渺峻峰高，叶飞风乱早春寒。凭栏。望红山。积石冢庙女神桓。思黄帝玉兵指，继天连地画龙轩。马健刀利，萋萋青草，猎鱼辽水潺湲。授仙天告命，南路迢递，纵马喧喧。

　　炎帝欲霸东西。争锋北域，比剑冀中酣。涿州隘、易河水浅，见证师旋。气昂轩。又战海岱，持弓勇悍，跪拜旌前。远舆近水，富庶中原，一统四海龙幡。

　　赤县行礼始，文明肇创，浩荡坤乾。嫘祖桑衣裤帽，令仓颉立字永凝传。万民福禄安康，夏华胄脉，颂帝歌无限。克险阻、血筑金銮殿。趋侵狄、光耀王权。漏晷移，不觉千年。叹苍茫、怎奈逝凡寰。月升云畔。壶觞举酒，万世飘然。

己丑年清明

千秋岁·吊宋徽宗

荒宫弃苑。袅袅残烟晚。无家燕，凄声断。望千山辽水，何处凰沼殿。云也叹，二皇北掠无人惦。

千古才情绚。难抵丢国怨。风流种，天失算。《燕山亭》泪苦，瑞鹤空思念。诗画里，何曾参透乾坤算。

2009.9.24

千秋岁·花鬼

夜读唐史，讥唐明皇。

大明宫内。蝶逐簪花蕊。梨园月，莺声醉。午高天宝日，

· 47 ·

被底鸳鸯睡。羯鼓促，开元图治金歌毁。

香溢华清会。霓舞花妖褪。人伦乱，情哥泪。营州胡马啸，国难千秋罪。销功过，花边淫事轻薄鬼。

2010. 1. 9

千秋岁·云海

绝峰世外。融霭烟云岱。沉阳穆，红茵碎。孤松冰酒盏，寂寂秋声败。空肠断，八极沧海一人怠。

梦聚仙群会。揽月同听湃。古涛浪，发悲慨。东君柳岸浅，玄武啸歌艾。归去也，云中不再愁如海。

2010. 7. 29

青衫湿·沉夕

映空秋水余青尽，红乱烟寒织。皂鹰骤起，骚骚叶落，天黯云低。

萧萧霜鬓，案前寂寞，浊酒残诗。功名几许，短衣射虎，醉卧沉夕。

2018.5.24

青玉案·阑干雨

凌波翻卷迷离雾。飒风动、花如絮。锦瑟低回谁泪目。疏窗琴砚，深门隐户。只有秋风度。

暗愁难去抽丝缕。残笔常流断肠句。病酒忘情能几许。一庭落瓣，满园鹃语。淋遍阑干雨。

2018.7.17

清平乐·春暮

屏山轻霭。湖岸闲杨摆。倒影浮云人天外。风过杨花如濑。

画堂钩月初升。醉来梦醒情空。窗外梅花落尽，彼岸消息仍茫。

2015.11.22

❧ 清平乐·断桥头 ❧

暮薄风漾。荷舞沉阳绛。醉里隐约婆娑影。一点朱唇旧梦。

花枝手捻堪折。残香沾袖心绝。深浅情愁细雨，桥头销黯穷诘。

2018. 7. 15

❧ 清平乐·红山祭 ❧

第一次见红山女神陶塑彩照，心情澎湃不已。远念先祖，叹历史蹉跎。

夕阳云坠，似阕红山泪。龙玉鹰熊载先妣，远祖后人终会。
祖神穿越独孤，千古蹭蹬萌苏。双目仍生威念，苍茫后嗣沉浮。

2008. 8. 25

清平乐·夜怀

　　缱绻词阕。相伴无眠夜。鸿雁无云梅含雪。寂寞残生谁设?

　　竹风斜倚危楼。隐峰独对银钩。落瓣早无归路,江波漠漠东流。

2014. 5. 11

清商怨·玫瑰藏香

　　娇芭鲜瓣香不老。北国初开早。晓露滴春,百英思闭倒。

　　江南秋晚月姣。怎堪忘、夜浓花好。茕影幽窗,那馨频暗扰。

2009. 11. 8

清商怨 · 游盛京故宫

八旗风掠凌空展。马踏山川远。太祖兵魂，回眸盈泪眼。

女杰雄略尽显。月起处、孤枕岁晚。啼晓高楼，又闻愁怨婉。

2009. 7. 10

冉冉云 · 感秋

倚遍阑轩对秋晚。枫火连、霭烟浮漫。曛渐暗、芽月悄悄初现。画卷里、一人黯愰。

飒飒风来叶漂卷。过孤鸿、影愁声怨。独把酒、悲素商难留劝。笑此身多闲念。

2009. 10. 28

冉冉云·醉秋风

破夜秋风落英残。一点红、水姿尤绽。沉雾掩、隐隐幽歌弥漫。诉不尽、心肠蓄怨。

九月吴天碎云黯。望回头、此情飘远。独体味、病酒迷蒙伤惋。不怕姮娥偷看。

2009.9.11

人月圆·中秋

秋风花落知多少，问月下残宵。年年此夜，凭栏横竖，抱影云遥。

腮红酒热，琴幽语软，眉运羞娇。更阑夜静，花斜枝乱，又起风箫。

2018.9.27

如梦令·愁缕

花已抛人远去。谁解飘零归宿。孤影弄黄昏，频觉思量凄苦。无绪。无绪。空守闲愁万缕。

2018. 6. 4

如梦令·春空

春绿花香柳岸。人瘦倚窗独黯。心冻覆坚冰，几缕柔风难泮。空念。空念。茑哞鹃啼尤乱。

2010. 4. 27

如梦令·词心

万里铅河惨肃。风啸雪飞无路。堪恨有尘身，踽踽空茫误。归墓。归墓。漆暗心光一柱。

2009. 12. 14

如梦令·故月

幽梦依依破骤。窗外秋篁守候。殢酒为花时，愁寄随风残柳。回首。回首。眉月照人如旧。

2009. 6. 19

如梦令·清歌

秦柱蜀弦如诉。一阕清歌深触。总记那时别，风飒桃英飞絮。花雨。花雨。满苑岚烟沉暮。

2018. 5. 18

如梦令·夜灯

飘瓣敲窗月影。正是莺歌春动。斜映素灯寒，洗尽尘颜无梦。空静。空静。摊卷哲思凝重。

2009. 5. 5

如梦令·夜望

春短愁长酒病。起舞歌前欢畅。尽兴晚归来，却惹断肠俯仰。堪醒。堪醒。只羡鹤归了梦。

2015. 5. 20

如梦令·风语

拂断惜惜锈雨。荡尽伤心风语。堪是小樱桃，挂露含羞楚楚。无度。无度。莫探魂归何处。

2018. 11. 18

阮郎归·初雨

吴天秋雨夜初蝉。叶旋覆满潭。提琴怨曲浸孤单。黑云罩远山。

径穷处，旧花坛。愁浓落瓣翩。空惜春纵牡丹燃。花别情去难。

2009. 9. 9

阮郎归·寒客行

夜深凄雨雾淞寒。独行湿路难。风啸歇处起繁蝉。涉跋望远山。

魂系梦，铁心肝。龙渊来去年。月茫津渡或无船。净身纵水湍。

2009. 11. 18

阮郎归·踏春

初梅疏柳皱波清。踏青稀雨停。惘然心绪暗愁浓。新春旧影婷。

浅眼黛，淡幽香。笑开黯百芳。秦淮风月闭门空。无情却有情。

2010. 3. 19

阮郎归·秋台

青鸾无处落高台。桃花何季开。倚窗醉看叶徘徊。恍惚旧梦来。

风隐怨，月藏悲。秋萧侵孤斋。遒松吊影百花骸。寒心入谁怀。

2016. 10. 8

❦ 阮郎归·听古琴 ❦

峻峰巅破百层烟。清风载古弦。奇石榛径响幽泉。枫深叶落旋。

瓢泼雨，断云阡。崎岖天路艰。梅花傲放小绵峦。蒙蒙泪眼潸。

2009.7.23

❦ 瑞鹧鸪·秋深 ❦

秋飔萧贯谢华芳。似有深冥隐碧芒。瘦鸟鸣枝终不去，醉杨独对北风凉。

落英耀耀随悬涧，烟霭靡靡掩淡篁。远去清荷留倒影，墨菊何傲笑天苍。

2016.10.31

三姝媚·秋暮自酌

　　五粮甘玉露。品清冽天罡，素酌幽暮。花洒随风，伴孤蝉新曲，叶蜷无宿。渐坠秋山，难舍去、残阳只侣。瘦骨怀冰，愁绪千翻，百杯空入。

　　堪记当时红簇。厌秀蕊频开，歌吹流馥。凝脂秋波，倦章台垂柳，水蛇腰舞。斩断蓝桥，归故里、石床流漱。醉隐竹林难醒，真言谁吐。

2010. 11. 9

扫花游·广陵散

　　　对血色残阳，读叔夜诗章，苦楚无比。想当时离去，潸然泪下。

　　云横杳渺，罩虞渊血绛，萧萧秋舞。骤别倦旅。背残阳吊影，再吟琴赋。乱发无凭，唯有西风抚缕。归何许。抱落叶满襟，同返来土。

何憾清梦阻。纵酣醉竹林，踏花无路。鹤鸣震谷。送夕阳殇逝，饯别轻语。恨入黄钟，泪透山川共苦。悲无处。掩琴弦、夜孤无辱。

2010. 7. 9

纱窗恨·病榻吟

独孤暮鹤悄悄泪。只单飞。欲冲峰顶寥天寂。树梢依。
落红伴、旧花新去，忘江湖、只对心扉。病榻霜浓，晚风悲。

2009. 9. 28

伤春怨·清明祭高启

夜读《明史》，感高启事迹，以此祭之。

望远竹林鹜。落叶歌哭无度。日落瀑云黑，寂寂孤鸿无路。
问天凭何妒。窘愧无言语。洒酒祭清风，且怨汝、匆匆去。

2013. 4. 20

少年游·残梦

峥嵘斗角尽虚茫。富贵莫当赢。风虐荒冢，骨飞魂灭，何道有禅终？

麒麟画阁烟云过，环燕尽无踪。尘愁万般，只怀一梦，独立墓丹青。

2009. 2. 13

少年游·孤重阳

去年故道步踌迟，波皱索风吹。红云天碧，秋思萦乱，目送燕南归。

何时挥手愁情霁，知晓丽人期。酒兴阑珊，百芳失味，只盼故花开。

2008. 10. 7

少年游·黄河浪

万年古道转湍急。怒吼乱天扉。夕阳沧桑，目极高远，同感祖先息。

红云一去失音讯，何时是归期。一叶扁舟，酒觥斟满，情纵浪涛时。

2008.11.15

生查子·夜酒

春风彩蝶迷，落雪梨花树。独饮总关愁，月影知心苦。
暮霞烟中荷，似候温柔语。堪又醉长宵，数尽凄凄雨。

2018.4.26

苏幕遮·夜思

断山亭，穷路去。银瀑飘帷，溅碎飞珠玉。日落西山烟掩树。望眼云穹，伊在余辉处。

叶旋飞，莺乱舞。百酒笙歌，梦醒独人伫。月澈风急花自语。秋夜无眠，思渗凄凄雨。

2008.9.28

诉衷情·雁何归

一声孤雁日曛红。渐远已无踪。不堪危栏独倚，落寞暗愁肠。

风摆柳，月无声。泪流空。忆思不去，探问无因，何处归情。

2008.11.15

诉衷情·紫丁香

丁香绕柳叶青青。风送醉香浓。尘封紧锁春梦，不觉又苏萌。

柔玉腕，舞腰轻。眼中情。几多秋去，归隐昆仑，叹望天暝。

2009. 4. 10

踏莎行·春难

翠柳时节，红枫意绪。酬春奈何仍辜负。绝情难敌故情真，真情有恨实难复。

梦醉如伊，花柔似汝。欢尘虚语空唏嘘。萧风一夜剪残蕾，离愁换作冰霜树。

2018. 6. 14

踏莎行·冬夜无眠

旧恨缠丝，来愁冰水。几班寒冻人孤弃。五更俯瞰梦中城，玉华堕入红尘里。

窗破熹微，梅落月逝。难辞懵懂凡间日。龙吟笔啸酒茶倾，泪烛新著公羊子。

2012. 2. 10

踏莎行·鹤鸣

缈岸红曛，娇花沉雾。暮云沧海烟波处。凭栏忆想变游仙，悠悠摆翅终归去。

几寸愁肠，无端尘路。情言转瞬如朝露。残生尤孜少年豪，鹤鸣渐远夕晖遽。

2009. 4. 19

❦ 太常引 · 春感 ❧

修竹红英舞青园。花鸟戏春欢。五月锦成团。化不尽、心中冻寒。

玉峰词老，字中哀乐，应和满星天。灰发为谁填。问一飒、清风雾岚。

2013. 6. 20

❦ 探春令 · 幽梦 ❧

玉肌娇面，满池秋水，悠馨滴露。轻颦浅笑杨妃妒。夜风飒、梨花雨。

相倚淡月孤芳素。黛眉愁不驻。恨旧年、枉费疏狂，不信世有华胥物。

2009. 11. 20

探春慢·秦岭叹李斯

盘路荒沙，苍鸦悲叫，层岭斜日思古。回想李斯，贫生僻野，立志荣华去辱。不念荀子教，一心往、强秦如虎。卖才千百钻营，俨然君下梁柱。

长恨江河流血，白骨弃蛮荒，六和人主。节变沙丘，共谋篡逆，二世岂堪天诅。无奈五刑惨，富且贵、人格仓鼠。云漫恢穹，昭昭天理迟悟。

2009. 4. 14

唐多令·江南雪夜

雪夜玉梳妆。蜡梅杳月胧。噪哮绝、寒鹊声藏。洗去垢泥心地净，披素裹、赏花黄。

谁剪巧花冰。瓣叠透晶莹。孔方兄、羞愧无踪。但愿日高犹未改，壶冰雪、傲梅香。

2009. 12. 31

桃园忆故人·自拷

絮飞如雪深庭小。月柳丝丝来娆。暗守三冬冰岛。一缕风情袅。

殇情难比青青草。入殓无碑心了。人瘦花前自老。不怨愁多少。

2011. 8. 3

桃源忆故人·故曲

新桃堪比红玫秀。只是春心已旧。小院幽竹翠袖。款款人独瘦。

絮飞花舞春风手。慵怠迟迟病酒。今日北国回首。不忍江南柳。

2013. 6. 20

❧ 剔银灯·小桥如旧 ❧

桥画依依翠潋。愁渗月波追远。瑶梦朦胧，乍然杨柳，花影飞蝶风晚。沉香徊黯。又何似、吴蚕作茧。

天铸情缘历算。醉餍百觞靡恋。屏舞红烛，透帘钩玉，花闭花开羞赧。扁舟滩浅。锦瑟畔、红衣何岸。

2010. 8. 30

❧ 天仙子·春醉 ❧

冷月入池山入寂。一飒清风银镜碎。百愁入酒酒樽倾，人自醉。花不睡。明日深愁何处避。

2018. 5. 19

天仙子·冬夜无眠

漠漠靡烟云梦绕。寂寂寒庵孤影吊。热珠串落入冰壶，疼
多少。尘心扰。伫立朔风听虎啸。

2013.5.2

调笑令·岁晚

冬夜。冬夜。疏苑寒蝉枯叶。稀闻倦鸟孤鸣。断续朔风月
清。清月。清月。帘外梧桐萧瑟。

2008.12.31

望海潮·冬夜临眺

靓云缥缈，吴宫越苑，繁喧骤寂安然。烟雾锁桥，霜台落

寞，谁人临眺无眠。萧月窥幽帘。映淘浪如雪，残柳仍翩。梅傲香寒，风竹呢喃，百情翻。

叹忧绪又孱绵。感愚溪彻骨，跌落莽渊。屈怨宋悲，伤歌伴酒，潇湘冰水涟延。何缘坠尘梦，尸骨无还。几飒枯风苦雨，重上故人坛。

2010. 2. 7

望海潮·西塘野夫

己丑年九月与友同游西塘，人间仙境，或胜桃园。望金秋稻浪，骤然怀旧情浓。

江南溪水，桥联吴越，千年又到深秋。白鹭乍飞，金黄稻浪，涟漪滑落丝绸。有傍水书楼。老夫霜雪发，闪烁星眸。手把清茗，向夕独坐，也悲秋。

绛云沉叠含愁。想韶华往事，宦海争游。凶鄙仕途，红尘利欲，弃之敝履荒丘。得意驾田牛。闲醉唱山月，万里翔鸥。远避人心险壑，好雨满秋收。

2009. 11. 9

梧桐影·顾影

冬夜洁，心中雪。不问故人何处眠，冰枕对酒茕茕月。

2013. 1. 28

梧桐影·秋意

秋渐深，残阳挂。愁绪日浓不见伊，江南碎影梧桐下。

2008. 11. 28

武陵春·夜醒江南

新蕊旧花皆落去，独守素斋楼。岚雾霏霏仙客游。回望万尘休。

蝶翼翩翩逐柳舞，倒影伴孤舟。梦醒南柯人却留。赶不尽、月中愁。

2012. 2. 25

西地锦·秋瘦

柳黯秋来菊瘦。忆柔香添袖。花深月隐，青荷画阁，怅然独守。

夜雨深愁锁久。总痴迷樽酒。迎风泪洒，青衫渗透，怕人归后。

2017. 1. 15

西楼月·桂香

深秋落月书灯挽。淡疏香，盈窗畔。苑中独放桂花枝，款款入诗馨满卷。

2009. 11. 7

喜迁莺·故人愁

寒月诉，寂云歌。孤影立残阁。旧情渐远逝飞鸽。风晚撩塘荷。

片红散，思忆泪。心碎锦床依旧。何时休尽梦中愁。重归故人楼。

2008. 6. 28

喜迁莺·思雪

深冬暮，雪无边。心碎酒觞阑。离别天远泣愁鹃。残月透窗间。

玉英飘，愁难变。伤惋流年霜伴。夜茫风扰耿无眠。泪落叹风烟。

2009. 3. 26

喜迁莺·闲读陶诗

寿阳幻，染馨香。哭柳展欢容。翠溪慢载鸟歌轻。惹意戏新英。

洗铅泥，别舞袖。孤枕冷衾独酒。此时心境恰公陶。无事醉相邀。

2011. 4. 18

相见欢·花谢

春英谢尽秋愁。醉西楼。寂寞夏冬更替夜孤舟。

朝花露。黄昏雨。彩虹收。莫把旧时残梦挂心头。

2010. 12. 22

潇湘曲·伤月

湘女柔。湘女柔。冠绝百卉艳难求。若续沉欢何所去，盈盈清月泪中愁。

2009. 7. 19

小重山·夜风雨

纭夜风飚雨撼窗。卷帘花瓣落、月凄茫。兰陵病酒故思萦。徊悲韵，寻觅笑如棠。

香暖浴鸳鸯。怎堪娉影远、暗愁长。柔眸秋水淡梳妆。春深处，残梦映蝉鸣。

2009. 5. 16

小重山·元夕

孤鹤清风梦影残。隐山悬冷镜、照孤肝。银河万里荡轻帆。悄声问，踏浪为何还。

绚丽簇花烟。悲愁不自胜、百江湍。琼轩约定破天晗。堪怨悔，热血抵冬寒。

2010. 3. 1

眼儿媚·残窗

缠绵入夜柳随风。云袅月朦胧。醉花挂露，偶休轻语，梦里巫峰。

恨宵短蜃楼匆去，落日酒愁长。依稀月泪，海棠依旧，孤影斜窗。

2009. 5. 5

眼儿媚·征途

茫茫荆路万重关。空翠漫叠山。喘息瘦马，锈斑长戟，血汗征鞍。

鸟归沉寂灯花灭，风冷叶声寒。残宵月影，几番疲惫，不愿天怜。

2009. 6. 16

燕山亭·拜岳公墓

春晚西湖，阳残柳暗，层叠黑云霏雾。萦返旧年，乍鸟惊飞，血溅风波亭渡。谁祭英灵，泪倾洒、洗涤污语。极目。问长天浩荡，何出千古?

不屑玉帛高冕，只心系、荡我胄华消辱。绵山远水，云碧湖澄，铁马银枪中土。叹恨难休，唯图盼、精魂忠骨。凝伫。弦断处、何人来续?

2009. 8. 15

夜合花·煤山春

再访故宫，玲珑金瓦，煤山悲影，心仍盈戚难已。功过不论，崇祯乃中国最悲情之帝王也。

柳翠莺啾，花新蝶舞，入翩翩少年郎。黄袍裹体，也将真我深藏。金彩瓦，幻天光。暮春处、孤影彷徨。对销凝月，飞龙不展，愁锁心伤。

风云剪断柔肠。钟响无人应策，烛泪绵长。雍容贵丽，今生绝命鸳鸯。公主错，剑中殇。愧当初、刚愎急狂。借煤山树，百花间隙，我去天亡。

2012. 3. 17

谒金门·江南春夜

浓春夜。隐隐天边月色。风皱稻田香稼穑。塘中鸭几个。
闲柳摆枝鸟和。独步阡陌此刻。遗却尘愁和喜恻。寸心藏万壑。

2009. 4. 21

谒金门·怕冬

秋风贯。举目一排南雁。暗寄锦书天地远。春归还我愿。

最惦东山柳岸。梦好却难长延。藕淡绿残塘覆瓣。冬霜茕影伴。

2009.9.9

一丛花·长城夜歌

冰轮高挂夜深长。风冷卷天光。峰亭把酒雄心现，阔云烟、寄我悲情。归隐鲲鹏，虎龙鸣处，星斗驾歌翔。

山河极目恨苍茫。琼雪掩愁长。望台恍觉秦皇梦，路穷处、千古虚空。风去无归，人寰依旧，只叹月凄凉。

2008.11.29

≪一剪梅·黄昏≫

半朵沉梅映绛曛。天满伤痕，心泪无痕。天苍人老剩温
存。花落纷纷，人瘦一分。

柳败杨残落叶梦。躲过春馨，难避秋魂。把樽无语隐浮
云。来亦无根，去亦无根。

2010.11.22

≪一剪梅·普陀山≫

一朵轻云澄碧天。变幻千形，转瞬无端。金佛微目笑人
寰。今事尘空，后世何干？

一炷沉香屡淡烟。庙宇常闻，木鱼敲穿。观音罗汉守更
寒。风雨时光，谁保泥龛？

2009.6.19

一剪梅·伊梦

娇蕊天香摇曳枝。玉翠初开，占尽春姿。含羞一笑醉瑶宫，眸解千愁，滴露晨曦。

月落江头倦鸟凄。流水难积，春去冬袭。梦中清影素罗衣，涤尽杂尘，湖隐西施。

2010.3.25

一落索·雨中花

孟冬阴雨山缠雾。似愁难离去。不忍坠落半枝花，只为了、怀思绪。

幽径碎桐无路。恰如心无处。冷风挞面告无情，缘已尽、空凝伫。

2009.11.17

忆江南·芳华

笛如泣，斜影弄残花。即便娉婷情似汝，亦如朦雾梦中纱。默默怨芳华。

2018. 6. 3

忆江南·花去

花去也，花去已成泥。细雨轻织偷泪饮，沉诗低吟葬春归。蝶梦醒来迟。

2013. 5. 31

忆江南·余歌

歌去也，余韵绕凄梁。月夜红花曾似火，落辉残瓣已无香。独语对秋风。

2016. 11. 11

忆秦娥·春早

春初浅，鲜梅一抹轻轻点。轻轻点。今年柳岸，烟江悠远。

欲留还走东君探。楚天新绿悲情剪。悲情剪。宋悲骚恨，愁深难断。

2010. 3. 12

忆秦娥·归真

霓虹愕，章台杨柳惜别客。惜别客。离意空杯，虚枉颜色。

伫潺云壁无笙乐。金爵玉盏花香谢。花香谢。苍穹夕照，孤琴一阕。

2008. 7. 4

忆王孙·残贞

喧天尘乐过无痕。孤被寒食一念贞。深雪荆山满眼云。小峰巅。只为乾坤独伫人。

2016. 7. 20

忆王孙·回故地

柳丝垂处蝶娉婷。月影荧荧徊旧亭。不忍回眸看落英。叹息声。惊起一排沙鹭鸣。

2009. 7. 19

忆王孙·空月

暮云千里掩沉夕。风动一花百草随。松静梅寒杜宇啼。惘失机。空月盈杯祭给谁。

2016. 8. 12

忆王孙·牡丹

唇间豆蔻露春漪。眸里风情隐瑟琴。冶艳娉婷退百馨。寄愁云。不枉人间一醉醺。

2017. 2. 4

忆王孙·轻雨

稀朦轻雨洗深庭。碧草葱茏花艳红。掠燕一鸣愁满栊。酒樽空。满耳梧桐滴泪声。

2009. 8. 4

忆王孙·听箫

冷箫残雪恸深冬。人自伤悲眼渐蒙。望尽穹笼孤月黄。泪成冰。风掠竹萧掩泣声。

2010. 1. 22

忆王孙·夜梨花

寒食北苑雪英深。舞树梨花月满身。子夜琼爵思忆真。定禅神。枉然风尘又见春。

2019. 4. 4

忆王孙·云壶

自来酒境胜人间。最爱擎云来去桓。孤月清风纵地天。引星璇。手把冰壶自在仙。

2016. 8. 10

忆瑶姬·悲秋

满目枫红。又一织细雨，翳径阴凉。何能留彩胜，肃漠秋霞淡，怎奈仓冥。此生未了，残梦相仍，恨忧籁叶中。片片飞、萧瑟寻归宿，难觅西东。

恍惚见、那缕春光，照一双舞蝶，沐浴清风。痛伤深几许，聚散得失后，流水无痕。春华渐去，潘鬓吴霜，命空情亦空。似败叶，身愫沉沉葬暮峰。

2009. 10. 19

渔父·宿醉

采苏轼格，用上下两片。

午夜醉，云中舞。梦里不寻归路。风轻花艳恣意游，何必问知何处。

　酒渐醒，时当午。木然岸边垂柳。痴迷尤恋醉中景，借我轻舟归渡。

2008. 7. 29

渔歌子·把酒歌

　东海垂纶冀忘年。尘泥清洗换今娴。兰陵酒，小峰巅。笑指天穹困俗缘。

2009. 7. 19

虞美人·对星

　花残风猛书灯冷。对月一孤影。情陷牍卷坠深思。常问地天醒者亦如斯。

　愁来易醉花间酒。醒罢愁仍旧。尘烦莫要扰沉酣。只愿一心复命坐星前。

2018. 5. 23

虞美人·故苑

梦回故苑飞花乱。泪眼盈依恋。醉深难遣骤别愁。故旧唇红酒绿欲无休。

心声未了花何处。无奈浮尘诅。谁知霜雪几伤情。残夜血啼清月也殷红。

2008. 7. 18

虞美人·伤春

春花不觉悄开了。不解秋心老。避逃无计对东风。只剩江波夕坠影孤零。

柳园画栋今应在。缱绻鸳鸯怠。一只倦鸟泣如诗。纷落梨花谢后葬花时。

2012. 5. 2

玉蝴蝶·秋林

游桓仁，如误入世外仙境。

秋风黄叶清溪。盘路屏峰岌。幻彩梦中遗。朦胧仙境迷。
登高极望处，岸火荧荧稀。野鸟忘情啼。林深隐者蹊。

2018. 5. 9

玉蝴蝶·秋思

回眸千绪堪嗟。花开为摧折。且将众谜搁。倾樽一句歌。
尘间难所愿，时剑任削磔。寂寞养贤德。滴滴汇爱泽。

2016. 9. 5

玉蝴蝶·咏菊

秋深花黯残菲。密蕊傲寒开。秋雨纵难摧。经霜益展怀。
晨馨盈满袖，清露浸琼杯。不作百芳魁。余霞别样晖。

2016. 9. 14

玉蝴蝶·萧夜

怅息频入云端。秋凉月阑珊。极目总凭栏。芳菲泪满衫。
梅影沉雾瘦，菊梦入眠残。浅浅笑婵娟。萧萧万丈渊。

2018. 8. 4

玉交枝·夜梨花

一树梨花钩月泠。碎波江晚雨微朦。清风逐影，云黯雁底翔。

离恨缠绵春梦短，醉歌呼唤梦归乡。寒香雪瓣，寥寞泪盈觞。

2009. 11. 25

玉堂春引·春秋

径幽荫树。风送丝丝莺语。呜咽泉流，句句思愁。踏瓣寻香，又遇凄凄雨，频见红英坠涧湫。

缈绕寒岚山冷，新花开楚忧。梦影星悠。镌勒同心曲，恨难休。飞絮隐没雾漫渡，落泪沾腮月苦秋。

2010. 5. 6

月下笛·夜寄司马君

夜读《史记》，遥祭司马君。执笔牵手共勉。

万水千山，孤行野鹤，梦归何处。寒窗挂雨。转望来时九徊路。尘艰难却云龙鸷，送岁月、孜孜矻矻。酒残霓虹闪，形只影倒，泪籁无语。

月雾。心伤楚。念司马悲书，霹雳苍宇。曾经厌旅。曾经心碎羞苦。只究天地言今古，忍垢恨、丹青血筑。干支里，荡乾坤，星下幽思共仁。

2009. 7. 9

昭君怨·荷花

夜念董仲舒君，呵成此阕，遥寄之。

蓬海玉环傲立。天上人间一例。经世雨风急。破沙堤。曾与仙花谋面。烟没寰尘难见。不愿奏孤箫。引魂萧。

2009. 10. 15

鹧鸪天·别思

渐起橘灯燕归迟。黄昏思绪揽愁时。孤鸳荷瓣程漂泊，独凤桐荫行杳离。

　　云黯淡，雨凄迷。画窗不见远山眉。兰陵樽碎无人理，百种心酸去后知。

2017.6.28

鹧鸪天·和陶渊明

　　彩袖纷飞舞瓣红。章台高马荡春情。刘郎歌谢桃花葬，卧野青山醉鹤翁。

　　融玉雪，倚逎松。古贤聚会曲流觞。都说富贵功名好，独羡陶公菊满筐。

2009.1.24

鹧鸪天·梨花

　　淡丽清风白雪飞。婀娜帘褪百花开。露珠滴泪垂红药，秋望空思云不归。

　　庄梦化，宇声悲。玄歌醇酒落夕哀。湖杨河柳皆辜负，满树梨花春雨织。

2016. 1. 8

鹧鸪天·平遥怀古

丙申年深秋与友游晋地，典故之多令人痴迷。登平遥古城望远思古，此词飘然而至焉。

烟雨迷城老树鸦。几重风雪醉流霞。沉阳曾照翩翩袖，残月疑泠隐隐她。

龙舞地，帝王家。豪情总是断肠花。朔风吹尽城墙上，刮破文窗旧梦纱。

2017. 1. 26

鹧鸪天·心寒

耿夜迎霞独自悲。雪风漫卷剩空杯。韶光瀑水湍湍过，苦绪沉诗句句哀。

峰寂寞，鹤单飞。泪烛香烬影帘帷。今宵寒柳凄茫月，恍见尘生旧梦堆。

2009. 2. 3

鹧鸪天·秋隐

涤荡秋萧去翠芳。欲将芒碧隐深冥。鸣枝瘦鸟西风乱，舞岸碎杨东水凉。

烟霭霭，掩修篁。夭夭瓣落送寒江。清荷不见涟漪影，松老遒遒笑昊苍。

2017. 10. 12

昼锦堂·雪夜伤怀

玉雪梨花，飘零柳絮，日落飞漫栏雕。又攒一春幽恨，望断蓝桥。愁闻檐燕无新语，何堪孤枕宿空巢。恍惚是，一踏香音，轻轻暗把帘撩。

重霄。壶酒冷，残月剪，添忧更助魂销。自有书灯永伴，泪溅襟袍。风生天外星河皱，浣纱溪水变洪涛。萧寒夜，难有愁人似我，临壁听涛。

2017. 1. 6

烛影摇红·归去

醉日风萧，刘郎已近落秋挽。残槐旧柳孤峰寒，戚寞苍茫眼。

此去归期无限。谢云星、载人纵览。来年寻迹，水月风隐，山花梦短。

2011. 3. 27

最高楼·夜海

壶觞酒，独坐岸峰亭。任乱发随风。层波澹澹染铅绛，漫天云碎坠沉阳。笑尘埃，无去所，海天莽。

缈烟起、寒钩悬素夜。更一个、孤独人醉月。云无路、寞栖鸿。飘浮银汉醒如许，坠沉渊海祭何凭。且玄歌，残梦里，续神伤。

2010. 8. 2

醉花阴·蒙山端

锁雾叠云溪泄瀑，山远峰不露。举目骤依稀，与我身旁，夫子长衫皱。

把爵思古黄昏后，有嘱秋风透。残殿掩烟波，小鲁碑边，天老人依旧。

2008. 10. 3

醉花阴·闲亭独坐

湖潋桃花翩柳舞。岚雾衔夕秀。春锁翠楼台，茶酽松高，故事风如曲。

浮萍过客闲云趣。灯炫霓虹绿。有梦系书香，古月新竹，星海吸天露。

2010. 5. 20

醉蓬莱·辰立春

横西风卷雪，残叶飘旋，灰云孤泣。夕照屈魂，唤竹林超逸。落寞凭栏，山江戚黯，不觉婆娑泪。古事如尘，旧歌如梦，心沉如坠。

曾也多情，花团锦簇，春夜澄鲜，管弦迢递。娇语柔声，怕酣星惊起。那刻云梯，高接天宇，去月宫折桂。此刻青灯，一窗冬雪，月黑无霁。

2012.2.20

醉蓬莱·西子夏晚

戊戌夏晚与三十年未见之校友朋友汇聚于西子湖畔，高楼之上美酒之中仿佛置梦境之中，不尽痛感岁月之蹉跎，人生之遗憾。感慨之下骤成此词以记之。

软风红花簇，撩梦青痕，芭蕉织雨。月影薄纱，笼住相思雾。世故成习，倦毫慵笔，怎奈伤情处。玉宇无尘，翠枝挂露，岚深英馥。

　　细语凭栏，十三楼上，夜色澄鲜，柳洲莲渚。回顾凝眸，有娉婷妍妩。扇底樽前，总留遗恨，去向何人诉。吹瘦琼箫，似应憔悴，半生思绪。

2018. 6. 24

图书在版编目（ＣＩＰ）数据

萧月集 / 张珂著. -- 武汉：长江文艺出版社，
2019.12
ISBN 978-7-5702-1199-9

Ⅰ．①萧… Ⅱ．①张… Ⅲ．①古体诗－诗集－中国－
当代 Ⅳ．①I227.7

中国版本图书馆 CIP 数据核字(2019)第 170931 号

责任编辑：胡　璇　　　　　　　责任校对：毛　娟
封面设计：祁泽娟　　　　　　　责任印制：邱　莉　　王光兴

出版：　　长江出版传媒　　　长江文艺出版社

地址：武汉市雄楚大街 268 号　　　邮编：430070
发行：长江文艺出版社
http://www.cjlap.com
印刷：武汉市首壹印务有限公司

开本：880 毫米×1230 毫米　　1/32　　印张：3.75　　插页：4 页
版次：2019 年 12 月第 1 版　　　2019 年 12 月第 1 次印刷

定价：42.00 元